KNISTER

Hexe Lilli
und der Zirkuszauber

Birgit Rieger,
lebt und arbeitet in Berlin. Als freischaffende Grafikerin
gestaltet und illustriert sie Bücher
für Kinder und Jugendliche.

KNISTER

Hexe Lilli und der Zirkuszauber

Mit Illustrationen von
Birgit Rieger

Arena

In neuer Rechtschreibung

Jubiläumsausgabe 1999

Illustrationen: Birgit Rieger
Gesamtherstellung: Westermann Duck Zwickau GmbH
ISBN 3-401-04930-5

Dieses Buch enthält am Schluss zwei echte Zirkus-tricks. Warte nur ab, bis du auf Seite 91 ankommst!

Das ist Lilli, die Hauptperson unserer Geschichte. Sie ist ungefähr so alt wie du und sieht aus wie ein gewöhnliches Kind. Das ist sie eigentlich auch . . . aber doch nicht ganz. Lilli besitzt nämlich etwas, was überhaupt nicht gewöhnlich ist: ein Hexenbuch!

Eines Morgens fand Lilli es neben ihrem Bett. Wie ist es da wohl hingekommen? Keine Ahnung. Lilli weiß nur, dass die schusselige Hexe Surulunda Knorx das Buch aus Versehen liegen lassen hat. Und sie weiß, dass echte Zaubereien und wilde Hexentricks in dem Buch stehen.

Einige davon hat Lilli schon ausprobiert. Aber aufgepasst:

Versuche lieber nicht Lillis Hexereien nachzumachen!

Hast du nur ein Wort falsch gelesen,
wird Zahnbürste zum Hexenbesen.
Aus Lehrerin wird böser Schurke,
aus Eis am Stiel wird saure Gurke.

Vorsichtshalber hat Hexe Lilli niemandem von ihrem tollen Buch erzählt. Sie ist sozusagen eine echte Geheimhexe.

Auch vor ihrem kleinen Bruder Leon hält sie das Hexenbuch geheim. Das ist gar nicht so einfach, denn Leon ist sehr neugierig und kann manchmal ziemlich nervig sein. Lilli hat ihn aber trotzdem sehr lieb.

So . . . und jetzt kann der Lesespaß losgehen!

1. Kapitel

Welch eine Freude, ein Zirkus ist in der Stadt!
Und was noch schöner ist, Lillis Mutter hat heute Morgen Eintrittskarten für die große Sondervorstellung am Sonntag gekauft. Eine Karte für sich, eine für Lilli und eine für Leon. Das war wirklich

Glück, denn sie hat die allerletzten Karten erwischt.
»Ach, wenn nur endlich Sonntag wäre«, stöhnt Leon. Er kann es kaum noch erwarten.
Mama hat für die Kinder ein buntes Zirkusplakat mitgebracht. Das hängt jetzt in Leons Zimmer an der Tür. Seitdem hockt Leon davor und träumt sich in die Zirkuswelt hinein. Er wirbelt mit den Akrobaten durch Feuerräder, reitet auf Elefanten, schwingt im Raubtierkäfig die Peitsche . . . Er kann einfach nicht genug bekommen.
Doch dann wird er aus seinen Träumen gerissen. »Hallo, Kleiner«, ertönt im Flur eine Stimme. Das ist Lilli. Sie kommt gerade aus der Schule.
»Tag!«, ruft Leon. »Du, Lilli, ich muss dir was Tolles zeigen. Komm mal her!«
Lilli betritt das Zimmer ihres Bruders.

»Wie siehst du denn aus?«, fragt sie überrascht.
»Kannst du's nicht erkennen?« Leon rückt seinen Handtuchturban zurecht, zieht einen Kochlöffel aus seinem Gürtel, schnalzt mit der Zunge und stolziert langsam durchs Zimmer. Dabei führt er den Kochlöffel in der linken Hand wie ein

Zepter und mit der rechten Hand winkt er Lilli vornehm zu.
»Vielleicht wie . . . ein indischer Prinz auf einem Zirkuselefanten?«, rät Lilli.
»Genau«, jubelt Leon. »Und sieh mal hier.« Voller Stolz hängt er sich die Tischdecke als Umhang um und baut sich vor dem Zirkusplakat auf.

»Na?«, fragt er erwartungsvoll.
»Wie schön das Bild ist«, sagt Lilli träumerisch. »Nur furchtbar schade, dass . . .« Sie verstummt.
»Was ist schade?«, will Leon wissen.
»Na ja, dass meine beste Freundin Mona am Sonntag nicht mit mir gehen kann. Ihre Mutter hat es auch versucht, bevor sie Mona von der Schule abgeholt hat, aber es hat nicht geklappt. Für die Galavorstellung waren schon alle Karten ausverkauft.«
»Und wenn sie an einem anderen Tag geht?«, versucht Leon seine Schwester zu trösten. »Mein Freund Tobias geht am Donnerstag. Für den Donnerstag gibt es bestimmt noch Karten.«
»Kann schon sein, aber wir möchten so gern zusammen in den Zirkus gehen! Außerdem ist die Galavorstellung nur am Sonntag.«

Leon versteht nicht. »Was für eine Gala wird nur am Sonntag vorgestellt?«
Lilli muss lachen. Sie erklärt: »Da wird niemand vorgestellt – und eine *Gala* schon gar nicht. Eine *Gala*vorstellung ist einfach eine besondere Vorstellung. Da legen sich die Künstler und Artisten so richtig ins Zeug, weil der Bürgermeister und andere bekannte Leute eingeladen sind.«
Dann hat sie plötzlich eine Idee. »Du, Leon . . . Wenn es für die Vorstellung am Donnerstag noch Karten gibt, könntest du doch am Donnerstag mit deinem Freund Tobias gehen und mir deine Sonntagskarte für meine Freundin geben, oder? Dann könnten wir beide mit unseren Freunden gehen und hätten bestimmt viel mehr Spaß!«
Leon hockt sich im Schneidersitz vor das Plakat. »Ach, das muss nicht sein«, sagt er trocken. War ja auch nicht anders zu

erwarten, nachdem Lilli gerade von der Galavorstellung geschwärmt hat.
Doch Lilli lässt nicht locker: »Aber es wäre doch viel schöner. Ich meine, jeder von uns mit seinem Freund oder seiner Freundin.«
»Ja, schon, nur . . .«, will Leon widersprechen.
Lilli lässt ihn gar nicht erst ausreden und sagt: »Außerdem ist Donnerstag schon *übermorgen.* Da brauchst du nicht mehr so lange zu warten.«
Leon blickt zu Lilli hoch. »Trotzdem. Am Donnerstag ist eben keine Galavorstellung. Wenn du unbedingt mit deiner Freundin gehen willst, könntest *du* doch deine Karte tauschen. Ich meine, mit Tobias.«
»Nein. Das geht leider nicht, weil ich doch donnerstags zum Geigenunterricht muss. Diesmal darf ich auf keinen Fall fehlen, wir haben bald Vorspiel. Sonst hätte ich

sofort getauscht, ehrlich. Stell dir vor, schon übermorgen ist es dann so weit.«
Leon windet sich. »Ja, aber die Galavorstellung?«, wiederholt er beharrlich.
Lilli macht eine abfällige Handbewegung. »Ach, die . . . Wenn ich's mir recht überlege, bin ich gar nicht glücklich, dass ich da hinmuss. Wegen des Risikos.«
»Risiko?« Wieder versteht Leon nicht und seine Schwester erklärt mit wichtiger Miene: »Bei Galavorstellungen ist es gefährlich. Erst kürzlich ist wieder was passiert!

Gerade bei einer Galavorstellung gab es eine Katastrophe. Es war schrecklich. Auch für die armen Tiere . . .«

Leon springt hoch. »Für die Tiere? Wieso, was ist passiert?«

Lilli schnäuzt sich die Nase und denkt fieberhaft nach. Jetzt muss sie sich blitzschnell etwas einfallen lassen! Schließlich beginnt sie: »Also – die Gala sollte für das Fernsehen aufgezeichnet werden und da wollten die Zirkusleute es besonders gut machen. Es fing alles mit dem Zauberer an. Der wollte an diesem Tag einen neuen Trick vorführen. Sonst zauberte er immer Kaninchen aus dem Hut . . .«

»Genau wie auf dem Plakat!«, ruft Leon dazwischen.

»Ja, und diesmal sollte, wie gesagt, ein neuer Trick ausprobiert werden. Dafür hatte der Zauberer lange geübt und nun war es so weit. Zum ersten Mal wollte er ein Huhn hervorzaubern. Ein ganz kleines, aber lebendiges Huhn. Die armen Leute – wären sie doch besser nie in eine Galavorstellung gegangen! Der Zauberer hatte natürlich zuvor das Huhn in seinem Zylinder versteckt. Im entscheidenden Moment wollte es aber nicht heraus. Der Zauberer langte hinein, um ein bisschen nachzuhelfen.

Das Huhn hackte kräftig zu – jedenfalls schrie der Zauberer laut und die Zuschauer lachten laut. Da schimpfte der Zauberer mit dem Huhn und die Leute lachten noch mehr, weil sie dachten, der Zauberer spielt den Clown.«

»Das war ja auch lustig!«, ruft Leon begeistert.

»Aber nicht für den Zauberer«, sagt Lilli schnippisch. Oje! Sie merkt, dass ihre Geschichte nicht die erwünschte Wirkung erzielt. Darum erzählt sie rasch weiter.

»Der Zauberer hat sich geärgert und ist schimpfend aus der Manege gelaufen. Draußen hat er mit seinem Gezeter die Dressurpferde aufgescheucht. Die standen nämlich schon hinter dem Vorhang und warteten auf ihren Auftritt. Nun brannten die Pferde durch und preschten in die Manege. Sie rissen zwei Fernsehkameras um und waren auch vom Zirkusdirektor nicht zu bändigen. Wie wild ging es in der Manege im Kreis herum. Zunächst fanden die Zuschauer auch das noch lustig. Doch als dann die Pferde immer wilder tobten, bekamen einige es mit der Angst zu tun, andere fingen an zu pfeifen. Als schließlich der Zauberer wieder in die Manege kam, um stolz sein Huhn zu zeigen, wurden die Zuschauer echt wütend. Kein Wunder, ein Zaubertrick, der nicht vor den Augen des Publikums ausgeführt wird, riecht ja förmlich nach Betrug. Sie verließen also unter Protest den Zirkus – und dort erwartete sie erst das dicke Ende der Galavorstellung: Vor dem Zeltausgang hatte sich inzwischen die Zirkusfeuerwehr auf-

gestellt, um zu verhindern, dass die durchgebrannten Pferde aus dem Zirkus galoppierten. Und so wurden die Zuschauer unter Wasserbeschuss genommen und die gesamte Vorstellung ging baden. Tja, da hatten die Leute Pech . . . Aber sie mussten ja unbedingt eine Galavorstellung besuchen.«
Lilli schaut ihren Bruder prüfend an. Und wirklich, er ist sichtbar beeindruckt –

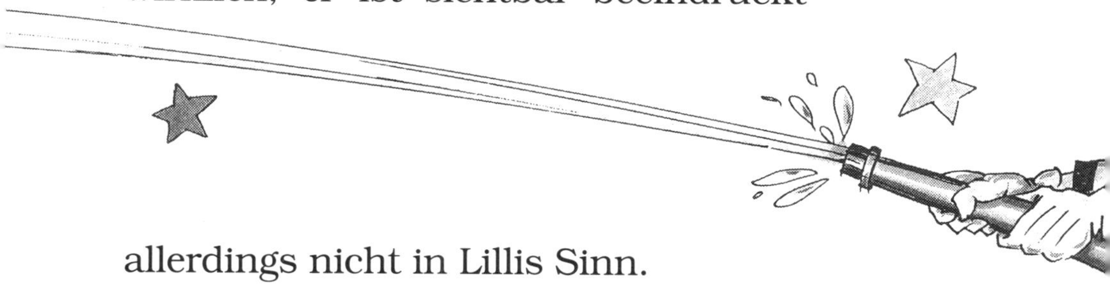

allerdings nicht in Lillis Sinn.
»Da wäre ich gern dabei gewesen«, sagt er. »Das muss wirklich irre spannend gewesen sein.«
Lilli verzieht das Gesicht. So leicht ist Leon wohl nicht zu übertölpeln. Um mit ihrer Freundin gemeinsam in die Gala-

vorstellung zu kommen, muss sie sich etwas anderes einfallen lassen.
Ob vielleicht ein bisschen Hexerei helfen könnte? Lilli überlegt. »Ich muss jetzt in meinem Zimmer Hausaufgaben machen«, sagt sie schließlich. »Bitte lass mich allein und stör mich nicht.«
Und schon verschwindet sie in ihrem Kinderzimmer.

2. Kapitel

Lilli horcht an der Zimmertür, ob Leon ihr nicht vielleicht doch gefolgt ist. Das macht er nämlich gern. Aber nein, die Luft ist rein, Lilli hat ihre Ruhe. Schnell kramt sie ihr Hexenbuch heraus. Tief unter dem Bett, ganz hinten an der Wand, zwischen den Rollschuhen und dem Karton mit dem Puppengeschirr liegt es versteckt.
Und wonach soll Lilli nun in dem Hexenbuch suchen? Die verschiedenen Zaubertricks sind dort nach dem Alphabet geordnet. Lilli überlegt kurz: Sie will ihren Bruder zum Tausch der Karten *überreden*, also sucht sie unter dem Buchstaben Ü.

Da findet sie: *Überbein, Überfall,* \λ☠ℜφ, *Überflügeln,* Ü♓♋♏♍♦♎♐, *Überzwerch, Ülk.* Pech, das Wort *Überreden* ist nicht aufgeführt.

Eigentlich klar, fällt Lilli ein. Eine Hexe braucht ja niemanden zu überreden, sie hext den Leuten einfach ihren Willen auf! *Wille* . . . Vielleicht steht bei dem Wort Wille ein passender Zaubertrick? Lilli sucht weiter und blättert sich durch viele Zaubersprüche, die unter dem Buchstaben W aufgeführt sind, bis sie schließlich das Stichwort *Wille* entdeckt. Ihr Gesicht hellt sich auf. Hier steht etwas, was ihr bestimmt weiterhilft: Ein Hexenspruch, um jemandem den Willen umzudrehen.

Der Spruch ist ziemlich lang und kompliziert. Hinter dem Spruch steht in Hexenklammern noch eine Warnung: {Vorsicht vor dem Umkehreffekt!} Was das wohl bedeuten soll? Egal. Rasch schreibt Lilli sich den Spruch ab. Dann versteckt sie sorgfältig ihr Buch wieder unter dem Bett. Und nun heißt es auswendig lernen! Von früheren Zaubereien weiß Lilli, wie wichtig es ist, sich genau an die Anweisungen zu halten. Zu leicht kann sonst etwas schief gehen. Für manche Hexentricks werden zum Beispiel auch ganz bestimmte Zutaten gebraucht. Die müssen dann unbedingt besorgt werden – egal, wie schwierig das ist. (Ein Fliegenbein oder zermahlene Butterblumenstängel lassen sich ja noch auftreiben; aber wenn man frischen Krötenschleim oder zermahlene Igelkralle braucht . . .) Zum Glück reicht es Lilli für ihre jetzige Hexerei, wenn sie den Spruch einmal vorwärts und einmal rückwärts aufsagt.

Das ist schon schwierig genug. Besonders das Rückwärtssprechen bereitet Lilli Probleme. Es ist eben noch kein Meister vom

Himmel gefallen! So muss sie üben, üben und noch mal üben. Nicht ohne Grund heißt es im Vorwort von Lillis Hexenbuch:

Aus einem Rappen wird niemals ein
Schimmel.
Eine Hexe fällt niemals vom Himmel.
Doch wenn sie nicht übt, fällt sie
sicher vom Besen,
so ist es zu allen Zeiten gewesen!

Zwei ganze Stunden lang murmelt Lilli den Zauberspruch vorwärts und rückwärts vor sich hin. Natürlich nennt sie dabei Leons Namen nicht, damit die Hexerei noch keine Wirkung hat. Dann endlich fühlt sie sich sicher genug, um den Zauber mit Leon zu wagen.

Sie geht in sein Zimmer. Oh, sieht es da wüst aus! Leon hat inzwischen die Matratze aus seinem Bett geholt und auf dem

Boden ausgebreitet. Wie ein Zirkusartist hopst er mit wilden Sprüngen herum und springt dabei so hoch, dass er fast an die Deckenlampe stößt.

»He, wen haben wir denn hier?«, ruft Lilli. »Sieht ja aus wie der berühmte Leonardo da Springi, der weltbekannte Todesspringer aus dem Zirkus Trampolin.«

Leon muss lachen. Deshalb landet er mit seinem letzten Sprung fast auf dem kleinen Tischchen, auf dem seine Legoburg aufgebaut ist.

»Toll, was? Probier doch mal!«, fordert er Lilli auf.

Lilli allerdings führt etwas Eigenes im Schilde. »Ich möchte etwas anderes ausprobieren«, sagt sie. »Eine kleine Zauberei.«

»Klingt gut. Und . . .?« Leon schaut Lilli erwartungsvoll an.

»Es ist ein Zauberspruch, mit dem man das Licht an- und auszaubern kann«, erklärt Lilli.
»Das will ich sehen«, sagt Leon. »Und stell dich weit vom Lichtschalter weg, damit du mich nicht hereinlegen kannst!«
»Schlaues Bürschchen«, sagt Lilli. Insgeheim denkt sie aber das Gegenteil, denn sie weiß etwas, was Leon sicherlich nicht weiß: Auf der anderen Seite des Zimmers, der Tür gegenüber, gibt es noch einen Lichtschalter, vor dem schon seit vier Jahren ein Schrank steht. Lilli kennt den Schalter noch von früher.

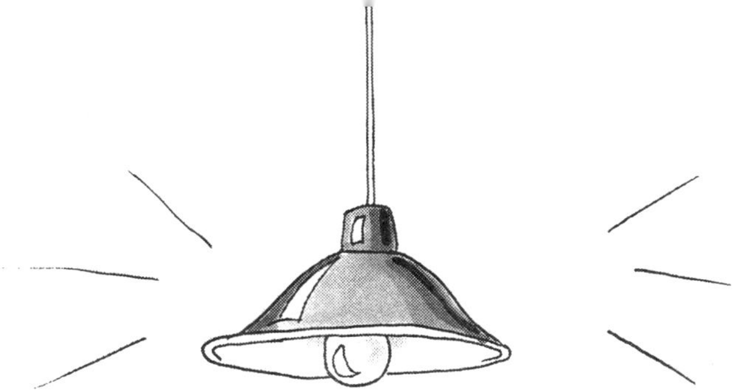

Wie zufällig schiebt sie sich also in die Nähe des Schrankes. »Bin ich jetzt weit genug entfernt vom Lichtschalter?«, fragt sie scheinheilig. »Ich kann sogar die Hände hinter meinen Rücken legen, damit ich nichts anstellen kann.«
»Gut so«, sagt Leon zufrieden.
»Dann kann ich ja jetzt zaubern. Möchtest du, dass ich das Licht an- oder auszaubere?« Leon geht zum Schalter, knipst das Licht an und beantwortet damit Lillis Frage.
»Also gut. Ich muss mich jetzt konzentrieren!«
Leon steht wie gebannt vor dem Schalter an der Tür, schielt mit einem Auge auf die Deckenlampe und mit dem anderen zu Lilli

hinüber. Und Lilli – Lilli konzentriert sich wirklich. Aber nicht auf den Lichtschalter, den hat sie hinter ihrem Rücken längst ertastet. Mit geschlossenen Augen beginnt sie den Zauberspruch zu murmeln, der Leons Willen ändern soll. Ihre Stimme klingt wie von selbst geheimnisvoll, denn die schier unaussprechlichen Worte lassen sich kaum über die Lippen bringen.

Schon hat sie es geschafft, den Spruch vorwärts aufzusagen. Weiter geht's! Doch während sie angestrengt die Worte rückwärts buchstabiert, kommt ihr plötzlich in den Sinn, was im Hexenbuch stand: Vorsicht vor dem Umkehreffekt. Sie reißt sich zusammen – jetzt nur nicht abschweifen, bloß nichts falsch machen! Endlich hat sie es hinter sich gebracht und öffnet die Augen.

Und was sieht sie? Leon, der an der Tür steht und sie immer noch erwartungsvoll anschaut.

Mist, verflixter!, denkt Lilli. Sie war in Gedanken so sehr bei dem Zauberspruch, dass sie darüber den Lichtschalter total vergessen hat. Fast hätte sie über sich selbst gelacht. Sie kann sich aber gerade noch beherrschen und sagt: »Ich glaube, ich muss es noch einmal probieren. Ich habe aus Versehen den falschen Zauberspruch gewählt. Du hast es vielleicht gehört – er ist sehr altmodisch, wahrscheinlich löscht er nur Kerzenlicht. Lass es mich noch einmal versuchen.«

Leon schüttelt den Kopf, aber das bekommt Lilli nicht mit, weil sie die Augen schon wieder geschlossen hat. Sie murmelt aufs Neue, diesmal natürlich einen anderen Spruch. Einen, den sie aus dem Stegreif frei erfindet:

»Licht und Blitz, Kathodenstrahl,
Atomreaktor, Megaqual,
Osram, Philips, Halogen,
Niedervolt mit Benzpyren,
Satelliten, Kabelgraus,
Elektrosmog, das Licht geh aus!«

Beim letzten Wort knipst Lilli das Licht aus und Leon klappt vor Staunen der Unterkiefer herunter.

»Wie hast du denn das gemacht?«, fragt er total beeindruckt.

»Hexerei eben«, sagt Lilli. Um die Wirkung noch zu unterstreichen, geht sie zu Leon, schiebt ihn etwas zur Seite und schaltet das Licht wieder an.

»Noch mal«, fordert Leon.

»Nein!«, lacht Lilli. »Kein guter Zauberer wiederholt einen Trick.« Sosehr Leon auch bettelt und quengelt, Lilli gibt nicht nach. Sie hat ja auch anderes im Sinn: Sie will auf der Stelle wissen, ob ihr echter Zauberspruch gewirkt hat. Aber bevor sie das herausfinden kann, ruft Mama aus der Küche: »Lilli, Leon! Zum Abendessen kommen!«

Leon rennt in die Küche. »Mama, Mama!«, ruft er aufgeregt. »Lilli – sie kann zichtig raubern! Sie hat in zeinem Mimmer einfach das Zicht ausgelaubert!«

»Sie hat was?«, fragt Mama.

»Sie hat das Zicht ausgelaubert!«

»Nun beruhige dich erst einmal und setz dich an den Tisch«, sagt Mama. Inzwischen ist auch Lilli in der Küche.

»Lilli, was hast du denn wieder mit ihm angestellt?«, fragt Mama. »Er ist ja völlig durcheinander.«

Lilli bekommt einen hochroten Kopf. Sie hat zwar von Leons Sprachverdrehern noch nichts mitbekommen, aber natürlich weiß sie, dass sie wirklich etwas mit Leon angestellt hat.
»Wieso?«, fragt sie scheinbar harmlos zurück. »Wir haben nur ein bisschen gezaubert. Das ist doch wohl nicht verboten.«
»Ganz genau«, sagt Leon und schüttelt den Kopf dazu.
Jetzt hat auch Lilli mitbekommen, dass mit Leon irgendetwas nicht stimmt. »Alles in Ordnung?«, fragt sie ihren Bruder.
»Klaro«, antwortet er und schüttelt den Kopf.
Der Umkehreffekt!, schießt es Lilli durch den Kopf. Oje, das muss also damit gemeint gewesen sein! Für einen Moment überlegt sie, ob sie Leon nicht rasch in ihr Zimmer bitten soll, um den Zauber rückgängig zu machen. Aber den Gedanken

gibt sie gleich wieder auf. Zuerst will sie unbedingt versuchen ihr Ziel zu erreichen: Sie will Leon die Zirkuskarte für ihre Freundin abluchsen.
Hoffentlich gibt es bis dahin keine Probleme . . .

3. Kapitel

»Und wie steht es mit dem Tischdecken?«, fragt Mama.
»Mach ich goch dern«, sagt Leon und springt bereitwillig auf. Mama wundert sich immer mehr. Oft streiten sich Leon und Lilli, weil sie sich beide vorm Tischdecken drücken wollen!
»Hui, Leon«, sagt sie anerkennend, »solch ein eifriger Einsatz, das lobe ich mir!«
Lilli wundert sich nicht. Sie weiß jetzt, dass sich mit Leons Willen im Augenblick etwas verändert hat. Brav geht sie dem

Bruder zur Hand. Hoffentlich redet er nur nicht unnötig und macht Mama damit stutzig!, denkt sie dabei. Und überhaupt, wer weiß, was der Umkehreffekt sonst noch alles bewirkt? Vielleicht deckt Leon die Teller gleich unter statt auf dem Tisch oder er löffelt die Suppe nicht in den Mund, sondern . . .

Lilli wagt gar nicht weiterzudenken, was Leon alles anstellen könnte.

»Achtung!«, sagt Mutter in diesem Augenblick und stellt die heißen Töpfe auf den Tisch. »Wer möchte Suppe?«

»Ich will keine Suppe«, antwortet Leon wie aus der Pistole geschossen.

»Aber du isst sie doch sonst so gern«, sagt Mutter erstaunt. »Es ist Tomatensuppe.«

»Leckere Somatentuppe hab ich noch nie gemocht«, entgegnet Leon.

»Aber ich möchte«, mischt Lilli sich schnell ein.

»Also, das verstehe, wer will«, sagt Mutter und gibt zuerst Lilli, dann sich selbst Suppe. Damit ist Leon aber keineswegs einverstanden.
»Und warum bekomme ich seine Kuppe?!«, beschwert er sich.
»Weil du vorhin keine wolltest«, sagt Lilli. »Schon gut.« Und sie versorgt ihren Bruder mit seinem Lieblingsessen.
»Weißt du eigentlich überhaupt noch, was du willst?«, fragt Mama ratlos. »Und dann noch diese alberne Buchstabenverdreher . . .«
»Wieso?«, sagt Leon und er klingt, als ob er es ehrlich meint. Offensichtlich versteht er wirklich nicht, was los ist. Fast tut er Lilli Leid.
»Jetzt frag nicht do summ«, äfft Mama ihn nach. Das bringt Lilli auf eine Idee: Sie könnte für Mama die Umkehrwirkung des Hexentricks als Spiel vertuschen, um

sich so über die Zeit zu retten. Wenn Mama ihr bloß nicht auf die Hexenschliche kommt! Sie überlegt einen Moment und sagt: »Wer Wuppe sill, soll Huppe saben, und wer keine Wuppe sill, soll keine Huppe saben.«

Jetzt müssen alle lachen. Lillis Zungenbrecher klingt auch wirklich zu komisch. Und so nimmt das Abendessen durch die Umkehrwirkung noch einen lustigen Verlauf. Am Schluss ist sich Lilli wirklich sicher, dass Leon ganz unter der Wirkung ihres Zauberspruchs steht. Darum wagt sie jetzt den entscheidenden Vorstoß. An Mama gewandt, sagt sie: »Du, stell dir vor,

Leon ist so lieb und tauscht mit mir die Eintrittskarte für den Zirkus! So kann ich mit meiner Freundin zusammen die Galavorstellung besuchen.«

»Wie soll ich das verstehen?«, fragt Mama.

»Leon gibt Mona seine Zirkuskarte vom Sonntag und bekommt dafür eine Karte vom Donnerstag. Dann können wir beide mit unseren Freunden gehen.«

»Ja, ist Leon denn wirklich damit einverstanden?«, will Mama wissen. »Vorhin war er doch noch ganz versessen auf die Galavorstellung am Sonntag.«

Leon nickt mit dem Kopf und sagt: »Lilli kann meine Harte kaben. Ich gehe dann übermorgen tit Mobias.«

»Also, jetzt lass mal den Quatsch«, mahnt Mama. »Nicht, dass du mir am Sonntag herumjammerst! Kann Lilli bestimmt deine Karte haben, ja oder nein?«

»Ja«, sagt Leon. Und schon greift Lilli, bevor

er sich's vielleicht doch noch anders überlegen kann, zum Telefon. Voller Freude erzählt sie Mona, dass es mit dem gemeinsamen Zirkusbesuch am Sonntag klappt.
»Also, wie ihr das wieder hingekriegt habt. Ihr seid mir vielleicht Schlawiner«, murmelt Mama im Hintergrund.
Dann legt Lilli den Hörer auf und macht einen richtigen Freudensprung und gibt Leon einen Kuss: »Danke, Leon! Du freust dich doch auch, nicht wahr?« Aber sie besinnt sich schnell und wartet seine Antwort gar nicht erst ab.
»Und jetzt verrate ich dir in deinem Zimmer, wie ich den Zaubertrick mit dem Licht gemacht habe«, schlägt sie vor.
Sie muss ja den Zauber wieder rückgängig machen – bevor Mama vielleicht doch was merkt.
»Und was ist mit dem Geschirr?«, will Mama wissen.

»Das decke ich vorher ab«, sagt Lilli lammfromm. Und zu Leon: »Geh du schon mal in dein Zimmer!« Sicher ist sicher . . .

Lilli beginnt also das Geschirr in die Spülmaschine zu räumen, Leon geht.

»Mach keinen Quatsch!«, ruft Lilli ihm noch nach. Während sie aber mit dem schmutzigen Geschirr hantiert, lässt ein eigenartiges Geräusch sie aufhorchen. Da fällt es Lilli mit Schrecken ein: Für Leon könnte es ja auch eine Aufforderung zum Quatschmachen darstellen, wenn sie ihm »Mach keinen Quatsch« zuruft!

»Untersteh dich«, ruft sie laut und hastet in Leons Zimmer. Dort ist der kleine Bruder nicht. Lilli braucht nicht lange zu raten, wo sie ihn finden wird. Sie stürmt zu ihrem eigenen Zimmer, drückt die Türklinke herunter . . .

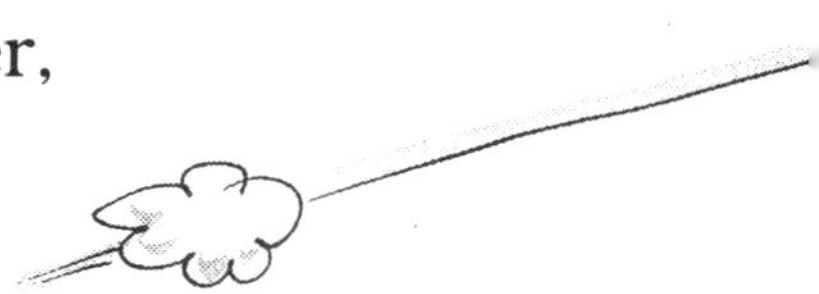

Mist! Die Türklinke ist total mit Zahnpasta eingeschmiert. Und im Zimmer – oh nein! Leon hat tatsächlich Lillis Bitte, keinen Quatsch zu machen, gründlich umgekehrt. Er hockt mitten auf Lillis Bett, ganz friedlich übrigens. Ihren Lieblingspullover hat er sich als Hose angezogen. Vor sich hat er einen Zeichenblock liegen.

Den muss er sich aus Lillis Ranzen genommen haben. Er malt mit Mamas gutem Lippenstift knallrote Männchen mit vier Augen und zwei Nasen und ist so vertieft in seine Quatschmalerei, dass er Lilli erst nach einer Weile bemerkt. Jetzt sagt er gerade so, als könne er kein Wässerchen trüben: »Du wolltest mir doch den Vaubertrick zerraten.«

Lilli ist sprachlos. Aber sie kann ihrem Bruder nicht böse sein, denn ohne ihren Zauberspruch . . .
»Den Trick verrate ich dir gleich«, sagt sie. »Solange bleib bitte ruhig sitzen und beweg dich ja nicht vom Fleck, ich darf nicht gestört werden.«
Lilli schließt die Augen und konzentriert sich auf den schwierigen Zauberspruch. Sie hat ihn zur Hälfte geschafft, als ihr Bruder sie unterbricht: »Nein, falsch! Der kilft nur bei Herzen. Ich will den richtigen Laubersspruch zernen.«

Lilli holt tief Luft. »Darum geht es gar nicht«, erklärt sie. »Bleib jetzt ruhig sitzen, ich verrate dir den Trick *hinterher.*«
Sie konzentriert sich erneut und beginnt zu murmeln. Diesmal lässt Leon sie ungestört, bis . . . bis sie den Zauberspruch fast ganz ausgesprochen hat.

»Aber las Dicht ist ja gar nicht an!«, platzt er dann doch noch los.

Wieder holt Lilli tief Luft und diesmal muss sie sich große Mühe geben nicht aus der Haut zu fahren. »Darauf kommt es nicht an«, zischt sie. »Es ist die Trickvorbereitung, verstehst du?! Kennst du das Märchen von den drei Wünschen?«

Leon nickt.

»Dann weißt du ja auch, dass die Zahl drei beim Zaubern sehr wichtig ist. Die Zahl drei ist eine magische Zahl.«

Leon nickt wieder.

Doch was hat das Nicken zu bedeuten?

Versteht er Lilli oder nicht? Wenn sie doch nur Ruhe für ihren Zauberspruch hätte! »Also, du hast mich jetzt zweimal gestört. Ich habe nur noch einen dritten Versuch, verstehst du?«

Noch einmal nickt Leon verständig. Fast hätte Lilli gelacht, aber gerade da kommt ihr etwas in den Sinn. Sie fordert Leon auf: »Hops doch bitte herum, mach ordentlichen Quatsch und lass mich bloß nicht in Ruhe meinen Zauberspruch aussprechen!«

Sie schaut Leon erwartungsvoll an. Der hockt sich mucksmäuschenstill auf Lillis Bett. Lilli probiert ihren Spruch. Und tatsächlich – diesmal kann sie ihn glücklich zu Ende bringen. Jetzt muss sie nur noch herausbekommen, ob sie den Zauber wirklich rückgängig gemacht hat. – Nichts leichter als das!

»Leon, ich möchte, dass du mir deinen Game Boy schenkst.«

»Du hast sie wohl nicht mehr alle!«, protestiert Leon. »Zuerst versprichst du mir den Zaubertrick zu verraten und jetzt so was!«

»Schon gut«, lacht Lilli erleichtert. »War ja nur ein Scherz. Komm mit nach drüben, der Zaubertrick mit dem Licht klappt nur in deinem Zimmer.«

In Leons Zimmer hat Lilli den Trick schnell erklärt. Zuerst ist Leon ein bisschen enttäuscht, dass man gar keinen Zauberspruch dazu braucht. Aber es gelingt Lilli, ihn zu versöhnen. Sie schlägt ihm vor den gleichen Trick doch mit Mama zu versuchen. Das probiert Leon gleich aus und Mama staunt ordentlich . . .

Anschließend haben Mama und Leon viel zu telefonieren. Schließlich muss für Leons morgigen Zirkusbesuch noch einiges organisiert werden: Vor allem eine Eintrittskarte, aber auch jemand, der Leon abholt.

Lilli erledigt inzwischen Unangenehmeres – ihre Hausaufgaben.

»Morgen geht's los«, sind die letzten Worte, die Leon seiner Mutter später beim Gutenachtkuss ins Ohr flüstert. Er scheint rundum zufrieden zu sein. Und auch Lilli ist zufrieden. Ihr Hexenbuch hat gute Dienste geleistet.

Vor dem Einschlafen blättert sie noch ein wenig darin herum. Sie sucht vergeblich nach dem Stichwort *Zirkus;* aber dann entdeckt sie plötzlich den Begriff *Gaukler* und da steht einiges, was ihr bekannt vorkommt. Oho! Lilli vertieft sich in die Gauklereien aus früheren Zeiten. »So war das also«, murmelt sie dabei vor sich hin oder: »Schade, dass es solche Zaubereien beim heutigen Zirkus nicht gibt. Warum eigentlich nicht?«
Lilli schlägt das Buch zu und kommt ins Träumen.
Was sie wohl wieder ausheckt?

4. Kapitel

Am Donnerstagnachmittag holt Tobias' Mutter Leon ab. Alles klappt wie am Schnürchen und am frühen Abend kehrt ein begeisterter Leon nach Hause zurück. Lilli erwartet ihn schon an der Haustüre.
»Na, wie war's?«
»Einfach super!«, sagt Leon.
»Los, erzähl schon!«, drängt Lilli.
»Langsam, langsam.« Leon genießt es, dass er als Erster schon alles gesehen hat. Und er steigert Lillis Spannung noch: »Ich erzähle erst was, wenn Mama dabei ist. Ich habe nämlich auch noch eine Riesenüberraschung!«
Lilli kann es kaum erwarten, dass sie alle gemeinsam am Abendbrottisch sitzen. Aber auch Leon kann die Spannung kaum aushalten und er platzt sofort mit seiner Überraschung heraus: »Stellt euch vor, ich darf noch mal in den Zirkus! Bevor die Vorstellung zu Ende war, hat der Zirkus-

direktor gesagt, wir sollten auf unsere Eintrittskarten schauen, und er hat eine Nummer ausgerufen. Und ich wollte es erst gar nicht glauben, aber der Direktor hat *meine* Nummer vorgelesen. Dann durfte ich vorn zu ihm in die Manege kommen, um mir einen Gewinn abzuholen. Und der ist eine Freikarte, eine Freikarte für die Galavorstellung am Sonntag!«

»Dann können wir ja doch alle zusammen gehen«, freut sich Mama und gibt Leon einen dicken Kuss.

»Gratuliere!«, ruft auch Lilli. Und jetzt muss Leon endlich erzählen. Er erzählt so viel, dass Mama beide Kinder zwischendurch ermahnen muss das Essen darüber nicht zu vergessen. Lilli kann gar nicht genug vom Zirkus hören. Nach dem Essen baut sie sogar ihr Schlaflager in Leons Zimmer auf und bis spät in die Nacht lässt sie sich von Leon berichten: Wie die Hochseilartisten in schwindelnder Höhe freihändig auf dem Seil herumgehüpft sind, wie die Frau mit verbundenen Augen brennende Fackeln durch die Luft gewirbelt hat, wie der Tiger dem Elefanten auf den Rücken gesprungen und dem Clown vor Schreck die Hose

heruntergerutscht ist, wie der Dompteur seinen Kopf in das offene Maul des Löwen gesteckt hat . . .

»Nur die Nummer mit dem Messerwerfer war irgendwie komisch«, sagt Leon.

Lilli horcht auf.

»Superscharf waren die Messer. Eine Frau im Cowboykostüm musste sich mit gespreizten Armen und Beinen vor eine bunte Scheibe stellen. Hui!, sind die Messer schon durch die Luft gepfiffen und haarscharf neben ihr eingeschlagen. Aber bei einem Wurf hat der Messerwerfer nicht richtig gezielt und ihr beinah das

linke Ohr festgenagelt. Alle haben aufgeschrien. Auch die Frau! Die Arme hat sich bestimmt zu Tode erschreckt. Zitternd ist sie aus der Manege gegangen. Ich hatte richtig Mitleid mit ihr.«

»Hm.« Lilli wiegt nachdenklich den Kopf hin und her. »Sag mal – und gab es auch einen Zauberer?«

»Na klar«, antwortet Leon. »Der hat drei Hasen hintereinander aus seinem Zylinder gezaubert.«

»Sonst nichts?«

»Doch, außer den Hasen hat er auch Tauben und weiße Mäuse aus dem Hut geholt. Die sahen ganz süß aus. Warum . . .«

Weiter kommt Leon leider nicht, weil Mama das Zimmer betritt und die nächtliche Besprechung auf der Stelle beendet.

»Morgen ist auch noch ein Tag«, tröstet sie die Kinder.

Aber Lilli fällt es gar nicht so schwer, in

ihr eigenes Zimmer zurückzukehren. Sie hat für heute genug erfahren, worüber sie nachdenken kann.

Am nächsten Morgen wird Lilli nur mühsam wach. So gern würde sie im Bett bleiben und weiter vom Zirkus träumen! Doch Mama ist unerbittlich. »Träumen kannst du heute Nacht wieder. Jetzt ist die Schule an der Reihe. Immerhin – nur noch einen Tag, dann ist ja schon Wochenende, nicht wahr?«

»Und dann geht's ab in die Galavorstellung«, sagt Lilli und springt wie eine Akrobatin aus dem Bett.

Die kommenden beiden Nachmittage verbringt sie ganz freiwillig mit ihrem kleinen Bruder. Inzwischen sind ihr noch jede Menge Fragen zum Zirkus eingefallen, über die sie mit Leon sprechen will. Die zwei reden sich die Köpfe heiß:

Werden die Raubtiere ganz, ganz satt gefüttert, bevor sie in die Menge kommen, damit sie niemanden fressen? Oder wären sie dann zu faul und träge für die Vorstellung?

Trägt der Dompteur eine Perücke, unter der er eine Stahlplatte versteckt, falls der Löwe doch überraschend Hunger bekommt?

Stinkt es im Löwenmaul nicht entsetzlich, sodass der Dompteur die Luft anhalten muss, um nicht ohnmächtig zu werden?

Muss die Frau im Cowboykostüm vor jeder Vorstellung Schlaftabletten nehmen, damit sie nicht so genau mitbekommt, was mit den fliegenden Messern passiert? Fragen über Fragen. Lilli und Leon machen sich eine lange Liste, auf was sie am Sonntag genau Acht geben wollen.
Die Nachmittage verbringt Lilli also mit Leon. Die Abende aber verbringt sie mit Vorbereitungen – geheimen Vorbereitungen. Sie haben mit ihrem Hexenbuch und natürlich mit dem Zirkus zu tun!

Endlich, endlich ist es so weit. Lilli, Leon, Mama und Mona sitzen im Zirkus. Die Musik spielt, nach und nach füllt sich das Zelt mit Besuchern. Das dunkelblaue Zeltdach mit seinem bunt schillernden Sternenmuster wird von Scheinwerfern beleuchtet. Das taucht die Zuschauerränge und die Manege in ein gedämpftes, geheimnisvolles Licht. Dazu kommt der fremde Geruch, der schon Pferde und Raubtiere erahnen lässt, gemischt mit dem Duft gebrannter Mandeln, die am Eingang verkauft werden. Einfach prächtig! Das alles schafft eine Stimmung, wie man sie eben nur im Zirkus findet.
»Sieh mal, Lilli, da oben!« Leon muss auch jetzt unbedingt sein ganzes Wissen loswerden. »Die vielen Seile, Schaukeln und Stangen, auf denen schwingen sich gleich die Trapezkünstler durch die

Zirkuskuppel. Und die komischen Eisengestelle, die dort baumeln, gehören zum Raubtierkäfig . . .«

Ein lauter Tusch der Musikkapelle schneidet ihm das Wort ab. Auf den Tusch folgt Marschmusik und kurz darauf erstrahlt die ganze Manege in gleißendem Licht. Dann wandert ein beson-

ders heller Lichtstrahl zum Eingang der Manege. Der Vorhang dort bewegt sich zur Seite und ein Mann in einer prächtigen Uniform tritt heraus.
»Das ist der Zirkusdirektor!«, ruft Lilli und kommt damit ausnahmsweise ihrem Bruder zuvor.
Tatsächlich. Der Direktor stellt sich vor, verbeugt sich und heißt seine hochverehrten Gäste und Ehrengäste willkommen.
»Ich beglückwünsche Sie alle, dass Sie bei dieser aufregenden Galavorstellung zugegen sein dürfen!«
Noch während er aber aufzählt, welche besonderen Attraktionen heute dargeboten werden sollen, wird er unerwartet unterbrochen. Heulend stolpert ein Clown herein, teilt seinem Direktor mit, dass er heute leider nicht auftreten kann. Seine Hosenträger sind kaputt.

»Aber Pepe«, versucht der Direktor ihn zu beruhigen. »Das müssen wir nicht hier vor allen Leuten klären. Es wird sich doch irgendwo ein Gürtel oder eine Sicherheitsnadel finden lassen.«
Er schickt den Clown hinaus und widmet sich erneut seiner Ansage. Aber schon kommt Pepe, immer noch heulend, zurück. Die weite Schlabberhose hängt ihm

fast auf den Knien, darunter blitzt seine lange Unterhose, die über und über mit bunten Flicken besetzt ist, hervor. Er schleppt einen langen Ledergürtel hinter sich her, der mindestens zehn Meter misst. Dazu hat er eine Sicherheitsnadel geschultert, die fast so groß ist wie er selbst.

»Pepe! Was willst du denn damit? Das ist ja alles viel zu groß!«

Pepe heult und schluchzt, dass man ihn kaum verstehen kann. Er versucht verzweifelt sich in den Riesengürtel zu rollen.

Der Direktor fasst ihn am Ärmel und fragt: »Wo hast du denn den Kram her?«

»Aus dem Elefantenkäfig!«

Der Direktor verdreht die Augen. »Ich bitte dich, Pepe! Der Gürtel ist für das Elefantenkostüm. Dafür bist du doch viel zu dünn. Du müsstest . . .«

Der Clown springt zur Seite und rennt davon. Dabei schreit er: »Ich bin zu dünn!

Er gibt mir nicht genug zu essen! Der Direktor lässt mich verhungern!«
Dann rennt er auf einen Zuschauer zu, der sich gebrannte Mandeln gekauft hat, und nascht aus dessen Tüte. Das alles ist dem Direktor natürlich gar nicht recht. Er versucht Pepe zurückzupfeifen. Aber der kümmert sich nicht um seinen Chef. Und nun beginnt eine Verfolgungsjagd, wobei der Clown deutliche Vorteile hat, er ist nämlich viel dreister als der Direktor. Er klettert einfach quer durch die Zuschauerreihen. Auf der Flucht schießen aus seiner Riesenbrille zwei Wasserfontänen, mit denen er die Leute ringsum nass spritzt.

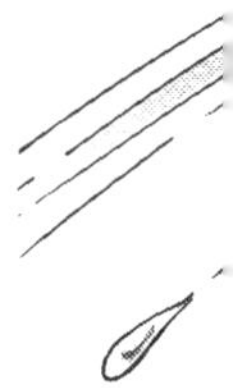

Das Publikum tobt vor Lachen und auch Lilli schlägt sich prustend auf die Schenkel – bis schließlich der Clown aus dem Zelt flitzt.

Nun kommt der Zirkusdirektor endlich wieder zu Atem und kann seine Ansage vom Anfang zu Ende bringen. Immer noch leicht schnaufend, kündigt er die erste Artistennummer an: die Baldini-Brüder! Kaum hat er sie genannt, da wirbeln sie schon herein. Sie springen, machen Sal-

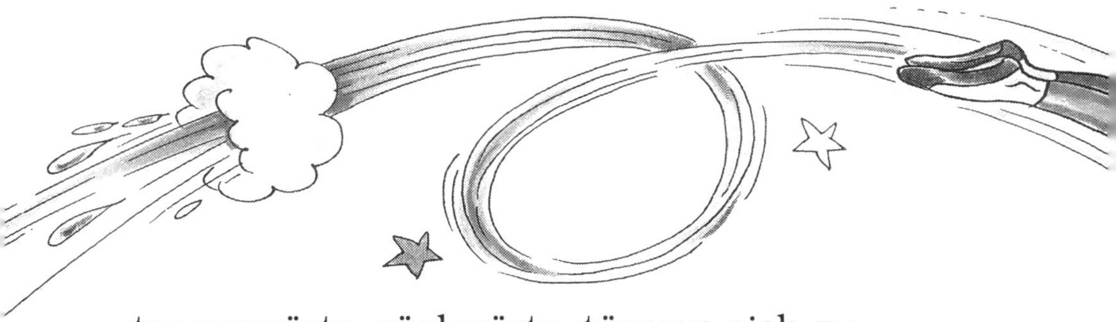

tos vorwärts, rückwärts, türmen sich zu fünft übereinander, hechten durch Feuerräder, laufen auf den Händen, schlagen Purzelbäume. Das geschieht so schnell, dass Lilli schon vom Zuschauen fast schwindelig wird; selbst wenn sie wollte, hätte sie keine Sekunde Zeit an etwas anderes zu denken.

Jetzt aber sprinten die Baldini-Brüder genauso schnell, wie sie gekommen sind, durch den Vorhang wieder hinaus und an ihrer Stelle wird der berühmte Messerwerfer Jimmy aus der amerikanischen Stadt Memphis angekündigt. Ein Ruck geht durch Lilli. Der Messerwerfer, der in der Donnerstagsvorstellung seine Assistentin so erschreckt hat! Na, mal sehen, wie es heute wird . . .

Messerwerfer Jimmy stolziert herein und lässt sich bejubeln. Ihm folgt viel bescheidener seine Assistentin im roten Cowboykostüm. Sie trägt zahlreiche unterschiedlich große Messer auf einem Tablett.
»Der lässt sich von ihr auch noch die Messer schleppen«, raunt Lilli ihrem Bruder zu.

»Dann kann sie aber keine Schlaftabletten genommen haben«, gibt der zu bedenken. Lilli zuckt nur die Achseln.

Vier Männer in rot-grünen Zirkusuniformen rollen ein großes Gestell herein. Darauf montieren sie eine Holzscheibe. Die Assistentin stellt sich nun vor die Scheibe

und schon lässt Jimmy die ersten Messer durch die Luft pfeifen. Haarscharf bohren sich die Messerspitzen in die Holzscheibe rings um die Frau, bis sie regelrecht eingerahmt ist.

»Ich kann gar nicht hinschauen«, sagt Mama und hält sich die Augen zu. Lilli dagegen beobachtet Jimmy scharf. Der kündigt als Nächstes lautstark einen Extraknüller für die heutige Galavorstellung an. Die uniformierten Helfer reißen daraufhin die Messer aus dem Holz und machen sich daran, die Assistentin mit dicken Lederriemen an Armen und Bei-

nen auf die Scheibe zu fesseln. Dann beginnt sich die Scheibe so zu drehen, dass die Frau immer wieder auf dem Kopf stehen muss. Und der Messerwerfer greift sich mit großen Gesten ein Messer und macht sich zum Werfen bereit.
Das Publikum hält den Atem an, Leon klammert sich an Mama. Nur Lilli hat anderes im Kopf. »Na warte«, flüstert sie

vor sich hin und klaubt rasch einen kleinen Zettel aus ihrer Hosentasche.
Inzwischen hat der Messerwerfer das Publikum um absolute Ruhe gebeten. Die Zirkuskapelle hat die Musik gestoppt und nur der Schlagzeuger macht einen langen Trommelwirbel, der allen unter die Haut geht. Jimmy holt aus, zielt auf die Drehscheibe – und wirft.
Aber was ist das? Das Messer prallt von der Scheibe zurück, fliegt auf Jimmy zu, saust haarscharf an ihm vorbei und landet im Sägemehl! Der Messerwerfer wird leichenblass und kann nicht fassen, was ihm da widerfahren ist. Das Publikum murmelt und lacht.

So bleibt dem verschreckten Jimmy nichts anderes übrig als es noch einmal zu versuchen. Er geht in Wurfposition. Es wird wieder still im Zelt. Der Messerwerfer holt dreimal tief Luft und wirft. Und . . . das Wurfgeschoss schnellt erneut zu ihm zurück. Diesmal reißt es ihm aber sogar den Cowboyhut vom Kopf.
Wie vom Blitz getroffen, steht Jimmy einen Moment da. Langsam bückt er sich nach seinem durchlöcherten Hut und schleicht wie ein begossener Pudel aus der Manege.

Das Publikum lacht jetzt laut und klatscht Beifall. Es hält das Ganze wohl für eine neue Clownsnummer. Und Leon lacht auch, denn ihm hat die Nummer viel besser gefallen als am Donnerstag.
»Geschieht ihm ganz recht!«, ruft er Lilli vergnügt zu. Wenn er wüsste . . .
»Hochverehrte Zuschauer!«, ertönt da die Stimme des Zirkusdirektors, während die Zirkushelfer gerade die Assistentin von ihren Fesseln befreien. »Attraktionen! Sensationen! *Überraschungen!* Das ist Zirkus, wie er leibt und lebt, Zirkus der Superklasse! – Und weiter geht's in unserem Galaprogramm. Darf ich Sie nun um Ihre geschätzte Aufmerksamkeit für unsere nächste atemberaubende Nummer bitten: Signorina Explosiva, die lebende Kanonenkugel!«
Damit hat der Direktor nicht zu viel versprochen: Es ist wahrhaft atemberau-

bend, was Signorina Explosiva zu bieten hat. Lilli lehnt sich auf ihrem Platz zurück und genießt in vollen Zügen, was sie zu sehen bekommt. Hier braucht sie garantiert nicht mit Hexenkunst einzugreifen, das ist klar!

Sechzehn Helfer rollen ächzend eine schwere Eisenkanone herein. Signorina Explosiva schreitet würdevoll um die Kanone herum, schlägt prüfend mit einem Hammer auf das Riesenrohr. Auf einen Wink von ihr trägt der Zirkusdirektor höchstpersönlich die meterlange Zündschnur herein. Signorina Explosiva lässt es sich nicht nehmen, die Schnur selbst in die vorgesehene Öffnung zu führen. Dann lässt sie eine große Fackel aufflammen. Noch ein letztes Mal schreitet sie mit der brennenden Fackel um das Geschütz herum, ein Trommelwirbel ertönt, Signorina Explosiva entfacht die Lunte. Ohne

zu zögern, steigt sie todesmutig in das gewaltige Kanonenrohr.
Im Zirkus wird es mucksmäuschenstill. Man glaubt sogar das Zischeln der Zündschnur zu hören. Die Spannung ist unerträglich – und dann der Knall, der allen in die Glieder fährt! Signorina Explosiva, die lebende

Kanonenkugel, fliegt wie ein Geschoss quer durch den Zirkus. Die Menschen schreien auf. Aber schon tänzelt die Signorina unversehrt durch die Manege und verneigt sich nach allen Seiten.

Lilli jubelt. Ihre Augen strahlen. Und sie strahlen auch beim folgenden Höhepunkt, der Löwendressur. Und bei der Elefantenparade, bei der Trapeznummer, bei den Jongleurtricks . . . bis, ja bis der Zirkusdirektor wieder einmal vor den Vorhang tritt und tatsächlich den letzten Auftritt des Abends ansagt, den großartigen Zauberer Abraxis. Da fährt Lillis Hand

erneut in die Hosentasche. Ein Blick auf den geheimen Hexenzettel: Alles klar!
Der Vorhang geht auf, alle schauen erwartungsvoll und wollen den Zauberer hereinkommen sehen. Doch der kommt gar nicht durch den Vorhang. PENG! macht es und Abraxis erscheint wie aus dem Nichts in einer Wolke aus Rauch und Feuer mitten in der Manege.
»Das . . . das ist ja irre«, stammelt Leon. »Das hat er am Donnerstag aber nicht gemacht! Er muss wirklich und wahrhaftig hexen können.«
Lilli lächelt nur. Dann beginnt der Zauberer in bunter Reihenfolge Tücher, Tauben und Hasen aus seinem Hut zu locken. Hübsch sieht das aus; allerdings sind es Zaubertricks, die Lilli auch schon von anderen Zaubervorstellungen kennt. »Mal sehen«, sagt sie vor sich hin. »Man könnte doch . . .«

Plötzlich geht ein Raunen durch das Publikum. Der Zauberer zieht ein lebendiges Schwein aus seinem Zylinder! Abraxis selbst scheint allerdings genauso überrascht zu sein wie das Publikum. Verdutzt schaut er in seinen Hut. Da springt ihm ein Eichhörnchen entgegen. Der Zauberer streckt den Hut weit von sich. Und was ist das? Mehr und mehr Eichhörnchen hüpfen nun aus dem Zauberhut. Zehn, fünfzehn, zwanzig, fünfzig, es

will kein Ende nehmen. Erst als Beifall aufbraust, marschieren die Eichhörnchen in einer langen Schlange zurück in den Hut.
Abraxis steht ein wenig verloren in der Manege und verbeugt sich. Aber jetzt geht die Hexerei erst richtig los! Alle möglichen Gegenstände tauchen kurz aus dem Hut auf, verwandeln sich vor aller Augen in prächtige Papierblumen und verschwinden wieder: ein Staubsauger, eine Kiste Bier, ein Fahrrad, zwei Blumentöpfe, eine Wohnzimmerlampe, Taucherflossen und manches andere.
Das Publikum klatscht stürmisch und

erhebt sich sogar von den Sitzen. Auch Leon springt auf; er muss sich auf seinen Sitz stellen, um überhaupt noch etwas zu sehen.

»Das hat er am Donnerstag aber nicht gemacht!«, wiederholt er begeistert.

Und dann – dann hebt der Zauberer Abraxis sanft vom Boden ab. Zufrieden murmelt Lilli etwas vor sich hin und der Zauberer schwebt noch höher empor. Er wird in ein geheimnisvolles Licht gehüllt und gleitet, gleichsam von den Lichtstrahlen getragen, langsam dem Ausgang zu.

Selbst der Zirkusdirektor traut seinen Augen nicht. Mit offenem Mund beobachtet er, was da in seinem Zirkus vor sich geht.

»Das ist ja noch stärker als David Copperfield!«, schreit Leon. Der Beifallssturm der Zuschauer will kein Ende nehmen. Angelockt von ihrem lauten Jubel, kommen schließlich alle Artisten einer nach dem anderen hinter dem Vorhang hervor. Die Musikkapelle schmettert einen Triumphmarsch.

Und Lilli? Lilli verbeugt sich, genau wie die Artisten, vornehm in alle Richtungen. Und sie hat Recht, denn eigentlich hat sie ebenso viel Applaus verdient. Oder etwa nicht?

Zirkustrick
»Die todesmutigen Whip-Crackers als Clowns«

Zu einer *Whip-Cracker-Gruppe* (sprich Wipp-Kräcker, auf deutsch »Peitschenknaller«) gehören drei Artisten. Zwei Whip-Cracker halten zwischen sich eine Zeitung. Die soll von einem dritten mit seiner Peitsche in der Mitte durchtrennt werden. Die halbe Zeitung wird dann normalerweise wieder durchtrennt und so weiter, bis nur noch ein kleiner Rest

übrig bleibt. Dieser Zirkustrick lässt sich aber besonders schön als Clownsnummer vorbereiten:
Die Peitsche bastelt ihr euch aus einem kleinen Stock und einer ungefähr 1,50 m langen Schnur. Der Peitschenschläger zielt auf die Blattmitte. Doch bevor er die Zeitung überhaupt zerteilen kann, wird diese von den beiden Zeitungshaltern schon zerrissen! Damit die Sache noch

komischer wirkt, kann der-/diejenige mit der Peitsche ein Cowboykostüm anziehen und die beiden anderen schützen sich wegen der »Todesgefahr« zur Sicherheit mit Taucherbrille, Sturzhelm, Wintermantel, dicken Handschuhen und so weiter . . .

Zirkustrick
»Die Menschenpyramide«

In keinem Zirkus dürfen die Menschenpyramiden fehlen!

Dazu noch eine alte Zirkus-Sicherheitsregel: Sollte trotz eurer Vorsicht einmal eine Menschenpyramide ins Wanken kommen, dann springt unbedingt immer nach vorne ab. So seht ihr, wo ihr hin-

springt, und fallt nicht auf den Rücken.
Und da ihr keine Zirkusprofis seid, sorgt zur Sicherheit für einen weichen Untergrund (Sportmatte oder Grasfläche).
Wie alle Artisten müsst ihr natürlich kräftig üben, aber ich kann euch versichern, schon das Üben macht Spaß.
Nehmt die Abbildungen als Anregungen und lasst euch selbst etwas einfallen!

KNISTERnde Spannung

Guten Tag.

Ich bin KNISTER, der die *Hexe Lilli* geschrieben hat. Ich möchte euch gerne mehr über meine Bücher erzählen. Die schreibe ich übrigens mit dem Computer: einem großen, der bei mir zu Hause steht, und einem kleinen auf einem Segelboot.

KNISTER jetzt auch im Internet!

http://www.knister.de

Für den Arena Verlag habe ich inzwischen einen ganzen Stapel spannender Bücher verfasst:

- **Hexe Lilli zaubert Hausaufgaben**
- **Hexe Lilli macht Zauberquatsch**
- **Hexe Lilli und der Zirkuszauber**
- **Hexe Lilli stellt die Schule auf den Kopf**
- **Hexe Lilli bei den Piraten**
- **Hexe Lilli und der Weihnachtszauber**
- **Hexe Lilli und das wilde Indianerabenteuer**
- **Hexe Lilli im Fußballfieber**
- **Hexe Lilli und das Geheimnis der Mumie**
- **Hexe Lillis Partyzauber**
- **Das Hexe-Lilli-Schulfreunde-Buch**
- **Weihnachtszeit – Zauberzeit mit Hexe Lilli**
- **Kommt 'ne Mücke geflogen**
- **Teppichpiloten**
- **Teppichpiloten starten durch**
- **Teppichpiloten mit Geheimauftrag**
- **Teppichpiloten erobern den Weltraum**
- **Die Sockensuchmaschine**
- **Willi Wirsing**
- **Bröselmann und das Steinzeit-Ei**
- **Die Reiter des eisernen Drachen**
- **Alles Spagetti**
- **KNISTERs Nikolauskrimi**

Meine Taschenbücher:

- **Die Sockensuchmaschine**
- **Mikromaus mit Mikrofon**

★ Klasse Bücher für Kinder ab 1,28 m bis 3,53 m. Auf den folgenden Seiten kannst du meine Bücher kennenlernen. ★

Von KNISTER gibts noch mehr!

Hexe Lillis Partyzauber

Originelle Ideen für Kinderfeste

7 x Partyzauber mit Hexe Lilli: Das bedeutet 7 x Spaß und gute Unterhaltung. Originelle Ideen für Kinderfeste, alle unter einem bestimmten Motto, fantasievoll ausgedacht und liebevoll präsentiert: Kinderfeste fix und fertig zum Nachfeiern!

★ ★ ★ ★

Das Hexe-Lilli-Schulfreunde-Buch

Endlich ein Schulfreundebuch mit originellen Ideen, für deine wirklich originellen Freunde, sowie streng geheimen Lilli-Schultricks.
(Von Schülern geliebt, für Lehrer verboten!)

★ ★ ★

Kommt 'ne Mücke geflogen

Bekannte Kinderlieder – frisch aufgeknistert

Kommt 'ne Mücke geflogen, setzt sich nieder ohne Gruß.
Noch bevor ich sie kriege, sticht sie mir in den Fuß.

Witzig und frech sind die verKNISTERten Texte, die nach den Melodien der bekannten Volkslieder gesungen werden. Natürlich stehen auch original KNISTER-Lieder wie der *Fliegenrock* in diesem farbenfrohen Band. Illustriert von Sabine Lohf.

Bücher von KNISTER...

Bröselmann und das Steinzeit-Ei

Alles fängt damit an, dass Vater Bröselmann auf die außergewöhnliche Idee kommt Omas Zimmer auszumisten. Aber da kennt er seine Familie schlecht! Jo und Tina, Mutter und bald sogar Vater selbst finden fast alles unentbehrlich und können zu jedem Gegenstand die tollsten Geschichten erzählen. Tja, und dabei wird plötzlich eine alte Pfeife zur orientalischen Zauberpfeife und Vater Bröselmann soll ein Steinzeit-Ei ausbrüten – mit erstaunlichen Folgen, versteht sich.

112 Seiten. Gebunden. Zahlr. Illustrationen. Ab 8

KNISTERs Nikolauskrimi

Bei von Bölleburgs geht es drunter und drüber: Der Vater verkleidet sich als Nikolaus und verschwindet spurlos, dafür spuken andere Nikoläuse herum und ein Kommissar ermittelt. Ein besonderer Krimispaß – nicht nur zu Weihnachten!

144 Seiten. Gebunden.
Zahlreiche Illustrationen. Ab 10

Die Sockensuchmaschine

Der Erfinder Prof. Justus Turbozahn hat keine Erfinderideen mehr! Jonas weiß Rat: Er schlägt eine Sockensuchmaschine und eine Anziehmaschine vor. Aus diesen Ideen macht der Professor eine. Schon bald lädt er zum ersten Probelauf ein. Der gerät zum Höllenspektakel...

72 Seiten. Gebunden.
Zahlreiche Illustrationen. Ab 8

Dieser Band ist ebenfalls als Taschenbuchausgabe Band 2048 erhältlich.

Arena

...machen gute Laune!

Willi Wirsing

ist eine ganz gewöhnliche Fliege. Wer aber denkt, so ein Fliegenleben sei langweilig, der täuscht sich gewaltig! Es geht ziemlich turbulent zu, als Willi Wirsing fliegen lernt, als er zum ersten Mal an Menschen gerät und es schließlich mit Harry Hamburgers hungriger Horde zu tun bekommt...

144 Seiten. Gebunden. Zahlr. Illustrationen. Ab 8

Auch als Taschenbuch erhältlich:
Arena-Taschenbuch – Band 1935. 184 Seiten.

Alles Spagetti

Alles Spagetti – na klar! Von den verrücktesten Nudelgeschichten bis zu leckeren und einfachen Nudelrezepten bietet KNISTER jede Menge Nudelspaß für Kinder.

96 Seiten. Gebunden.
Zahlreiche Illustrationen. Ab 8

Die Reiter des eisernen Drachen

Eine knallrote Banane in gelber Schale? Sarah traut ihren Augen kaum. Doch mit Hilfe dieser Banane kann sie plötzlich ins Märchenland reisen. Aber dort ist durchaus nicht alles märchenhaft...

164 Seiten. Gebunden.
Zahlreiche Illustrationen. Ab 8

Arena

Die Teppichpiloten

Teppichpiloten
Dank des fliegenden Teppichs geraten Jakob und Opa von einem Abenteuer ins andere.

Teppichpiloten starten durch
Jakob will seinen Opa mit dem fliegenden Teppich besuchen und landet dabei sogar bei den Dinosauriern!

Die Bände haben zwischen 160 und 172 Seiten. Zahlreiche Illustrationen. Ab 10

Achtung: Teppichpiloten-Fans! Der 5. Band ist in Arbeit!

Teppichpiloten mit Geheimauftrag
Die beiden Teppichpiloten Jakob und Opa erleben haarsträubende Abenteuer in einem gallischen Dorf im alten Rom beim großen Cäsar.

Teppichpiloten erobern den Weltraum
Diesmal erleben die beiden Teppichpiloten Jakob und Opa, galaktisch-spannende Abenteuer im Weltraum.